AF509736

# GUERRE

## AU

## MÉLODRAME!!!

PARIS,

Chez { DÉLAUNAY, Libraire, Palais Royal, galerie de bois ;
BARBA, Libraire, derrière le Théâtre Français ;
MONGIE, Libraire, boulevard Poissonnière.

De l'Imprimerie de Hocquet, rue du Faubourg Montmartre, n°. 4.

1818.

# GUERRE

## AU

# MÉLODRAME!

———✳———

Ce cri sinistre parti de je ne sais où, et porté d'échos en échos jusqu'au *Marais* où j'ai depuis long-tems élu mon paisible domicile, est enfin venu frapper mon oreille. Que dis-je ? il a retenti jusqu'au fond de mon cœur, et l'a cruellement déchiré. Depuis plusieurs jours il trouble mon sommeil, j'éprouve le besoin irrésistible de raconter mes peines ; et pour en entretenir le plus de monde possible, je les confie à un imprimeur. Pour la première fois de ma vie, je fais *gémir* la presse. C'est déjà une consolation ; elle semble répondre à ma triste pensée : elle est en harmonie avec mon âme et montée au ton du sujet que je traite.

Une Commission choisie dans l'Académie française et dans celle des Beaux-arts, est chargée, dit-on, de présenter à Son Excellence le Ministre de l'Intérieur un rapport sur les moyens de rendre à l'Art dramatique et théâtral tout l'éclat dont il est susceptible. Cela me paraît fort louable et ne peut qu'être approuvé par tous les bons esprits. Le premier soin dont s'occupera cette Commission sera probablement de solliciter une loi qui rende les Auteurs dramatiques *propriétaires* de leur *propriété*, c'est à-dire de leurs ouvrages. A parler vrai, je n'entends pas bien ceci. Je ne comprends pas comment, chez un peuple qui croit avoir atteint le dernier degré de la civilisation, il existe une loi qui condamne les enfans d'un homme d'esprit (car il en faut toujours un peu même pour produire un ouvrage médiocre) à mourir de faim dix ans après la mort de leur père. Cela me semble absurde et cruel. Au surplus les lois qui existent à ce sujet sont frappées dans l'opinion publique d'une telle défaveur, qu'elles ne peuvent soutenir un examen sérieux. Il suffit, pour les détruire, des simples lumières du bon sens : un enfant les renverserait. Les Auteurs dramatiques doivent donc espérer un meilleur avenir.

Le second objet qui fixera l'attention des Commissaires est, dit-on, relatif aux mauvais ouvrages, aux pièces de mauvais goût. J'aime à croire que ce n'est qu'un faux bruit, autrement nous serions menacés de voir fermer tous nos théâtres : car où n'en donne-t-on pas ? Il y a de mauvais opéras, de mauvaises tragédies, de mauvaises comédies, de mauvaises pièces partout enfin.

« Ce n'est pas cela, » me dit un de mes amis, auquel je témoignais dernièrement le plaisir que j'éprouverais à voir enfin repousser de notre scène

tous les ouvrages qui blessent les mœurs et la langue
( car ce sont ceux là d'abord qu'il est permis de trouver mauvais) « vous êtes dans une erreur complette,
» on n'entend parler ici que du Mélodrame. »

— « Je sais que depuis quelque tems ce mot est
» à lui seul un synonime universel ; il signifie tout
» ce qu'il y a de mauvais, de nuisi! le, de dangereux,
» de criminel même. C'est, comme disait un certain
» Voltaire, *l'abomination de la désolation*. Ce mot
» enfin est devenu l'arme ridicule et bannale avec la-
» quelle on attaque , on veut détruire au théâtre
» tout ce qui offre de l'intérêt , une couleur un peu
» forte, des situations dramatiques , le domaine des
» passions enfin ».

—» Convenez, mon ami... »
—» Avant tout, commençons par fixer nos idées
» sur le point de la discussion. A entendre certai-
» nes personnes, il semble qu'un Mélodrame soit
» en lui-même, et par cela seul qu'il porte ce titre,
» un objet de scandale, un monstre dont l'auteur
» doit être, pour le moins, frappé de l'animadver-
» sion publique. On abuse tellement de ce mot,
» que j'ai entendu de soi-disant beaux esprits , ap-
» peler Mélodrames deux Tragédies qui ont obtenu
» beaucoup de succès , *Artaxerce* et *Ninus*, parce
» qu'elles offrent du mouvement. Pour la plupart
» des spectateurs, l'Art dramatique se réduit aujour-
» d'hui aux jeux de mots, aux pointes et aux calem-
» bourgs. Combien de fois , depuis quelques années,

» n'ai-je pas, dans nos grands théâtres, vu condam-
» ner à la première représentation, des ouvrages
» estimables et faits pour réussir ? Dès qu'une
» scène vise à l'intérêt, des juges imberbes s'écrient
» aussitôt : *c'est un Mélodrame* ! dès-lors la pièce
» est jugée sans appel. Distinguons toutefois, défi-
» nissons ce mot si effrayant. Que veut dire *Mélo-*
» *drame* ? Drame *melé de musique*. Hé bien, jus-
» que là, je ne vois rien que de raisonnable. Est-ce
» le titre que l'on réprouve ? dans ce cas les auteurs,
» à l'imitation de Corneille et de Molière, intitule-
» ront leurs Pièces *Tragi-Comédie*; *Comédie-*
» *Ballet*; est-ce le genre, le caractère de l'ouvrage ?
» alors proscrivez donc du Théâtre Français *la*
» *Gouvernante*, *le Père de Famille*, *le Philosophe*
» *sans le savoir*, etc. Un Mélodrame intéressant,
» bien conduit et bien écrit est certainement pré-
» férable à une mauvaise Tragédie, à une mauvaise
» Comédie, à un mauvais Opéra-comique. »

— « Encore une fois, vous dis-je, ce n'est point
» aux mauvaises pièces que l'on déclare la guerre ;
» ( il faut que tout le monde vive ) on ne veut pros-
» crire que le Mélodrame ».

— « Proscrire ! sous un régne pacifique et clé-
» ment, ce mot doit être rayé du dictionnaire fran-
» çais. Sous le gouvernement du plus sage, du
» meilleur des Rois, on ne peut avoir d'injustices à
» redouter. S il était permis de supposer qu'un Mi-
» nistre proposât des mesures arbitraires, l'équité

» du Monarque les repousserait infailliblement. Je
» vais d'ailleurs vous prouver *qu'en droit* cela est
» impossible , sans violer ouvertement les lois rela—
» tives à l'industrie et au théâtre.

» Le décret du 8 août 1807 , en réduisant à
» huit les théâtres de Paris , a déterminé le genre de
» chacun. *La Gaîté* et *l'Ambigu Comique* y sont
» SPÉCIALEMENT destinés au Mélodrame. Des Avis
» du Conseil d'Etat , des décisions Ministérielles ont
» confirmé les anciens privilèges accordés aux fon-
» dateurs de ces deux théâtres. Une permission ré-
» cente a autorisé la réouverture du Théâtre de la
» Porte-Saint-Martin , *pour y jouer le Mélodrame.*

» Sur la foi de ces autorités inattaquables et
» sous la garantie de la protection que le Gouverne-
» ment doit à tous les propriétaires et surtout à ceux
» des établissemens publics , des entrepreneurs ont
» construit , à grands frais , des salles nouvelles,
» formé d'immenses magasins de costumes et de
» décors, contracté des engagemens de diverse nature
» dont quelques-uns s'étendent à six, neuf et jusqu'à
» dix-sept ans, et qui tous ont pour objet l'exploi-
» tation actuelle. En paralysant leur industrie , vous
» opérez une sorte d'expropriation forcée , vous
» deshonorez ces malheureux et les placez dans la
» cruelle nécessité de faire banqueroute ; vous ré-
» duisez à la misère et au désespoir deux ou trois
» cents familles qui vivent autour de chacun de ces
» établissemens ; enfin vous enlevez aux pauvres de

» la Capitale un revenu annuel de cent mille francs au
» moins. Je n'imagine pas qu'un Gouvernement sage
» puisse vouloir pareille chose, lorsque surtout il
» n'en résulte aucun avantage. C'est ce que je me ré-
» serve de vous démontrer plus tard ».

— « Mais c'est un genre détestable que condamne
» le bon goût ».

— « Condamner en masse est toujours une injus-
» tice. Sans doute on fait de mauvais Mélodrames
» et de très-mauvais , comme on fait de mauvaises
» pièces dans tous les genres, et de mauvais livres ;
» mais parce que tout ce que l'on compose n'est pas
» bon , s'ensuit-il que l'on doive briser les presses
» et ne plus écrire ? C'est au moins de l'exagéra-
» tion, en supposant que les provocateurs de cette
» mesure ne soient pas animés par un motif peu
» noble , étranger aux Beaux - arts et qu'ils n'ose-
» raient avouer.

Tous les genres sont bons, hors le genre ennuyeux.

« Que m'importe qu'une œuvre dramatique
» soit intitulée Comédie, Drame lyrique ou Mélo-
» drame , si je n'y trouve rien de contraire à la
» morale ? Quant à la politique , la censure est
» chargée d'y veiller. De quel droit prétendrait-on
» m'imposer l'obligation de ne m'amuser que de
» telle ou telle chose , souvent fort ennuyeuse ? Si
» j'aime à être ému , attendri ; si je suis flatté de
» voir des décorations bien peintes , des costumes

» exacts et frais, des ballets agréables et bien dessi-
» nés, réunis à une action à-peu-près raisonnable,
» écrite dans un style naturel, exécutée par des
» acteurs qui font tous leurs efforts pour me plaire,
» et tout cela moyennant un prix médiocre qui me
» permet de procurer de tems en tems ce plaisir à
» ma famille ; de quel droit voudrait-on me con-
» traindre à payer fort cher la fastidieuse représen-
» tation de nos chefs-d'œuvre, que je préfère lire et
» admirer au coin de mon feu ou dans mes prome-
» nades solitaires, à les voir souvent dénaturer
» par les doubles et les triples des théâtres
» royaux ? »

— « C'est précisément ce mélange du gai, du triste,
» de la musique, de la déclamation et des ballets,
» en un mot cette confusion des genres qui est une
» innovation monstrueuse ».

— « Je vous en demande pardon. Cette prétendue
» monstruosité existe depuis si longtems, que pour
» vous en donner la date précise, il me faudrait
» probablement remonter au déluge ; mais comme
» il n'y avait pas de journaux alors, je partirai d'une
» époque plus rapprochée. On joue le Mélodrame
» depuis plus de trois mille ans et je le prouve.

« Ce que l'on appelait *Jeux Scéniques* chez les
» Grecs et chez les Romains, était un composé de
» déclamation, de chant, de danse, de pantomime
» et de combats.

« Eschyle, inventeur de la tragédie grecque,

» connaissait parfaitement, selon ce qu'en dit Quin-
» tilien, la partie matérielle du théâtre, les décora-
» tions, les costumes et les machines.

« *Les Mystères* que l'on a représentés pendant
» cent cinquante ans, c'est-à-dire depuis 1598 que
» des pélerins jouèrent pour la première fois *la*
» *Passion de notre Seigneur Jésus Christ*, sur un
» théâtre construit dans le bourg de St. Maur près
» Paris, jusqu'en 1548, offraient la réunion informe
» de ces mêmes genres.

« Depuis cette époque jusqu'en 1656, où Corneille
» fit représenter le Cid et produisit dans l'art dra-
» matique et dans les lettres cette révolution qui
» amena le beau siècle de Louis XIV, je remarque
» dans les Auteurs et dans les spectateurs la même
» tendance vers le merveilleux, le même attrait
» pour le plaisir des yeux. Les pièces de Jodelle,
» Hardy, Bois Robert, Montchrétien, Lataille,
» Tristan, du Ryer, Robert Garnier, Guérin du
» Bouscal, Billard, Grévin et Corneille lui-même
» ( avant le Cid) étaient un mélange de tous les
» genres, ce qui est suffisamment indiqué par leurs
» dénominations. On les intitulait *Tragédie pas-*
» *torale avec des chœurs*; *Tragi-Comédie ou Fable*
» *bocagère avec des chansons*; *Poème dramatique*
» *avec figures, emblèmes et énigmes* ; *Tragédie*
» *avec des chœurs, des pauses, des danses et ar-*
» *rière danses.* Quelques-unes étaient divisées par
» journée, sans distinction d'actes ni de scènes. Les

» titres qu'on leur donnait étaient plus emphatiques
» encore. Ici, c'est ELECTRE, *Tragédie contenant*
» *la vengeance de l'inhumaine et très piteuse mort*
» *d'Agamemnon, roi de Mycène la grande, faite*
» *par sa femme Clytemnestre et son adultère Egis-*
» *tus, traduite du grec de Sophocle, ligne pour li-*
» *gne, vers pour vers, en rime françoise* ; là, c'est
» ABEL *ou l'odieux et sanglant meurtre commis*
» *par le maudit Caïn à l'encontre de son frère Abel,*
» *extrait du 4ᵉ livre de la Genèse, tragédie morale*
» *à douze personnages, savoir : Adam, Eve, Caïn,*
» *Abel, Calmana, Debora, l'Ange, le Diable, le*
» *Remords de conscience, le sang d'Abel, le Péché,*
» *la Mort* ; plus loin, je lis LA MAGICIENNE ÉTRAN-
» GÈRE , *tragédie en quatre actes, en vers, dans*
» *laquelle on voit les tyranniques comportemens ,*
» *origine , entreprises , desseins , sortilèges , arrêt ,*
» *mort et supplice, tant du marquis d'Ancre que*
» *de Léonor Galligay, sa femme , avec l'aventu-*
» *reuse rencontre de leurs funestes ombres par un*
» *bon Français, neveu de Rotomagus.* Voilà des
» titres !

— « Qu'est-ce que cela prouve ? voudriez-vous
» en nous reportant à la naissance de l'art, éteindre
» les lumières , et faire rétrograder le génie ? »

— » A Dieu ne plaise que ce soit là ma pensée.
» Si j'entre dans ces détails, c'est pour vous démon-
» trer que depuis le moment où l'on a imaginé les
» représentations théatrales , jusqu'aujourd'hui , la

» masse des spectateurs a toujours recherché ce qui
» lui promettait des impressions fortes et variées.
» Je continue.

« De 1636 à 1800, la Scène française s'est enrichie
» de chefs-d'œuvre. Corneille, Racine, Voltaire, Cré-
» billon, de Belloy, de la Motte, de la Noue, de la Fosse,
» Longepierre, Lagrange Chancel, Ducis, Chenier,
» Lemierre, (dans la tragédie) Molière, Regnard,
» Destouches, Boursault, Montfleury, Hauteroche,
» Baron, Dancourt, Lesage, Piron, Boissy, Du-
» fresny, Fagan, Gresset, Colin d'Harleville, dans la
» comédie) nous ont laissé des modèles inimitables,
» de vrais trésors pour la portion éclairée de la na-
» tion ; mais ceux que leur goût, leur éducation ou
» leur état n'ont pas mis à même d'acquérir des con-
» naissances, ( et l'on ne peut disconvenir que cette
» classe ne forme la plus grande partie de la so-
» ciété, ) n'en sont pas moins avides de plaisirs et
» n'ont pas moins que les autres le droit de s'en pro-
» curer; il faut donc les assortir à leur goût, à leur
» éducation, à leur état et surtout à leurs moyens pé-
» cuniaires. Sans doute une pensée sublime frappera
» tous les spectateurs Français sans exception : j'en
» ai eu souvent la preuve dans les représentations
» *gratis* ; mais les finesses du langage, les beautés
» de détail, la pureté du style ne peuvent être
» appréciés que par le très-petit nombre.

« C'est ainsi que pour faire réussir *le Misantrope*
» qui était tombé, Molière lui adjoignit, à la qua-

» trième représentation, *le Médecin malgré lui*, et
» la farce servit de passe-port au chef-d'œuvre.

» C'est ainsi qu'à travers ces astres de notre
» théâtre, dont les rayons ont éclairé l'univers , on
» a vu paraître et passer comme des météores, les
» compositions burlesques ou éphémères de Scarron,
» Douville , Visé , Scudéri , Calprenède , Duché ,
» Trotterel , Claveret , Desmarets et autres dont les
» noms sont encore moins connus.

« C'est ainsi que pour attirer et satisfaire tout à-
» la-fois le savant et le peuple, on a intitulé les ou-
» vrages dramatiques pendant plus d'un siècle , ( de
» 1630 à 1750), *Tragédie avec des intermèdes co-*
» *miques*; *Comédie-Ballet*; *Pièce avec intermèdes*
» *de chant, de danse et prologue*; *Ambigu comi-*
» *que avec prologue en musique, épilogue, et di-*
» *vertissemens*.

« Molière a intitulé sa PSYCHÉ, *Tragédie-Ballet*;
» LA PRINCESSE D'ÉLIDE , *Comédie-Ballet en*
» *vers et en prose, avec prologue et divertissemens* ;
» MÉLICERTE , *Pastorale héroïque*, etc.

« En traduisant ces titres bizarres et analysant les
» ouvrages , je trouve des Mélodrames, avec cette
» différence, que la dernière dénomination me paraît
» plus expressive , plus franche et renferme plus
» de choses en un seul mot.

« On crie à la décadence , au mauvais goût?

» Mais en 1721 , le 21 septembre , Legrand fit
» représenter sur le Théâtre Français, *Cartouche*

( 14 )

» ou *les Voleurs*, *Comédie en trois actes avec di-*
» *vertissemens*, et l'impatience du public pour voir
» cet ouvrage fut si grande, à la première repré-
» sentation, qu'il voulût à peine entendre réciter
» quarante vers d'*Esope à la cour*, et demanda à
» grands cris la pièce nouvelle.

« Lachaussée, surnommé le père du drame, dé-
» buta en 1733. Ses ouvrages furent généralement
» goûtés et procurèrent aux comédiens des recettes
» abondantes. Son exemple, que des esprits chagrins
» appelleront contagieux, eut d'innombrables imi-
» tateurs. Pendant soixante ans, c'est-à-dire jus-
» qu'en 1800, on vit le genre sentimental s'accré-
» diter et réussir sur tous nos théâtres indistincte-
» ment. La Harpe, Marmontel, Diderot, Mercier,
» Anseaume, d'Alainval, Goldoni, Sedaine, Beau-
» marchais, Darnaud, Fenouillot de Falbaire, Du-
» buisson, De Rosoy, Desforges, Monvel, Dejaure,
» Marsollier, obtinrent presque tous des succès pro-
» digieux. C'est au Drame lyrique ou Mélodrame
» ( car un Mélodrame n'est autre chose qu'un Drame
» lyrique, dont la musique est exécutée par l'or-
» chestre au lieu d'être chantée ) que les Italiens ont
» dû les jours de leur prospérité. Qu'est-ce en effet
» que *Richard cœur de lion*, *le Déserteur*, *le Comte*
» *d'Albert*, *Raoul de Créqui*, *Aucassin et Nico-*
» *lette*, *la Caverne*, *Roméo et Juliette*, *Lodoïska*,
» *Camille*, *Sargines*, *Montano et Stéphanie*, *Ario-*
» *dant*, *la Tour de Neudstat*, *le Château de Monté-*

» néro , *les Deux Journées*, *Beniowski* , *Zoraïme*
» *et* *Zulnar* , *etc.* , sinon des Mélodrames qui
» ont fourni à nos meilleurs Compositeurs le moyen
» de produire d'excellentes partitions , mais dont la
» plupart frappés d'avance du ridicule que les plai-
» sans et les sots ont versé sur tout ce qui offre de
» l'intérêt au théâtre , auraient beaucoup de peine à
» réussir aujourd'hui et seraient probablement ac—
» cueillis par des risées ou déchirés sans pitié par
» les journaux ?

» Si l'on croit avoir rendu service à l'art drama-
» tique et musical , on se trompe : cette espèce de
» proscription a tué la musique en France. Il lui
» faut des situations fortes , des passions prononcées,
» de la couleur enfin et non pas des nuances. Grétry
» et Dalayrac ont eu presque seuls le secret de
» mettre l'esprit en musique ; mais c'est un talent
» fort rare. Un joli rondeau , une romance expres-
» sive sont accueillis avidement dans les salons ; mais
» ne font pas faire un pas à la science et laissent
» bientôt leur Auteur dans l'oubli ou du moins sans
» gloire.

— « Précisément vous me mettez sur la voie : je
» connais des Compositeurs d'un grand talent et qui
» tous se plaignent de n'avoir plus les moyens de
» travailler ».

— « Ils ont raison. La concurrence produit l'ému-
» lation, l'émulation produit les bons ouvrages. Nous
» aurons deux théâtres Français , quand on aura

» permis à l'Odéon de représenter des Tragédies ;
» c'est là surtout ce que réclame la saine littérature ;
» c'est là le premier, le plus sur moyen de rendre
» à l'Art dramatique tout l'éclat dont-il est sus-
» ceptible. Nous avons deux théâtres pour le Vau-
» deville , sans compter les excursions qu'il fait
» sur tous les autres ; trois théâtres pour le Mélo-
» drame et la Pantomime ; pourquoi n'avons-nous
» pas deux théâtres Lyriques, dont l'un serait exclu-
» sivement consacré à l'Opéra comique, proprement
» dit, et l'autre au Drame lyrique, qui, comme je
» l'ai prouvé tout-à-l'Heure , a fait la fortune du
» théâtre Favart ? Je crois ce dernier genre indis-
» pensable aux progrès de l'art musical. Certes , si
» à des poëmes nobles, intéressans, on joignait de la
» belle musique et des ballets, on ouvrirait une
» carrière brillante aux disciples d'Euterpe et une
» nouvelle source de plaisirs aux habitans de la
» capitale Le Théâtre Favart et le Théâtre Feydeau
» n'ont ils pas joué pendaut quinze ans le même
» genre concurremment, et avec un égal succès ? »

— « Monsieur , je vais plus loin : je pense que ce
» serait un puissant moyen de combattre et peut-
» être de tuer le Mélodrame. Tel sujet que l'on traite
» pour les petits théâtres parce que l'Auteur n'entre-
» voit pas la possibilité de le faire réprésenter à
» l'Opéra comique , deviendrait peut-être un bon
» Drame lyrique Les Auteurs à talent qui se plaignent
» de se voir enlever tous les jours des sujets historiques

» ( auxquels ils ne pensent le plus souvent qu'après
» les avoir vu réussir sur les théâtres consacrés au
» Mélodrame ) n'auraient plus à alléguer cette ex-
» cuse commode au moins pour leur paresse. Dès
» qu'un sujet tiré de la fable , de l'histoire ou d'un
» trait connu serait reçu au théâtre du Drame lyri-
» que, la censure en interdirait la représentation sur
». tout autre, car vous conviendrez que dans ce genre
» de littérature , un titre est souvent une bonne
» fortune : il suffit de le faire connaître pour donner
» l'idée d'une pièce que l'on broche en huit jours
» pour les théâtres secondaires , et qui réussit tant
» bien que mal, peu importe au faiseur. Cependant
» le sujet a perdu sa fraîcheur , et ce motif vrai ou
» supposé prive quelquefois le public d'un ouvrage
» qui , joué sur nos grands théâtres , augmenterait
» peut–être la masse de nos richesses ».

— « Je ne voudrais pas que ceci fût adopté sans
» restriction. Les sujets nationaux, par exemple,
» doivent être représentés partout ; et l'on ne peut
» refuser au Mélodrame cette justice, que c'est lui
» qui nous les retrace le mieux et le plus souvent.
» Sous ce rapport il mérite des éloges. »

— « Ce n'est pas mon avis. Pourquoi faut-il, je
» vous prie, que le peuple Français. sache l'histoire
» de son pays ? chacun des individus qui le com-
» pose doit se borner à connaître les devoirs de son
» état, et ce qu'il doit au Prince. »

— « Hé quoi! vous que j'ai vu si chaud partisan

» des idées libérales, vous ne voulez pas que l'on
» offre à la clas-e de la nation qui en a le plus besoin
» de beaux modèles, des actes d'héroïsme, des traits
» de bravoure et de fidélité? vous ne voulez pas
» qu'on l'instruise à devenir meilleure, en lui mon-
» trant, même dans ses plaisirs, de nobles exemples
» puisés dans nos annales ?»

    — « Cela n'est pas nécessaire. Quand l'artisan,
» le commis, le marchand a consacré six jours
» au travail, il a besoin de dissipation. La prome-
» nade, le grand air et l'exercice du corps, voilà ce
» qu'il lui faut. Je ne veux pas que son esprit vienne
» se tendre et se fatiguer à la représentation d'un
» drame. Jadis c'était dans les guinguettes.....

    — » N'allez pas plus loin. Quoi? lorsque tout
» en Europe tend au progrès des lumières, lorsque
» pour propager et accélérer l'instruction parmi le
» peuple, on vient d'adopter en France la méthode
» de l'enseignement mutuel, vous voudriez n'accor-
» der aux trois quarts de la nation que les plaisirs
» du douzième siècle? je ne vous reconnais pas là. »
» «   Qu'on lui donne, comme autrefois, des farces,
» des danseurs de corde. »

    — « La farce, a dit un de nos meilleurs écrivains,
» est le spectacle de la grossière populace. C'est un
» plaisir qu'il faut lui laisser, mais dans la forme
» qui lui convient, c'est-à-dire des tréteaux pour
» théâtre, et pour salle des carrefours. Par-là il se
» trouve à la bienséance des seuls spectateurs qu'il

» convienne d'y attirer. Mais lui donner des salles
» décentes et d'une forme régulière, l'orner de
» musique, de danses, de décorations agréables,
» c'est dorer les bords de la coupe où le public va
» boire le poison du vice et du mauvais goût ; c'est
» afficher ouvertement le projet de corrompre, de
» démoraliser, d'abrutir une nation. »

— « Je vous assure que de mon tems, ces petits
» théâtres étaient fort commodes pour les parties
» fines. On s'y amusait beaucoup. »

— « Comme vous je regrette quelquefois le tems
» passé, mais ici ce n'est pas le cas. Il faudrait être
» bien morose ou de bien mauvaise foi pour ne pas
» apprécier la différence qui existe entre le réper-
» toire actuel des théâtres secondaires, et les pièces
» licencieuses que l'on y représentait dans ma jeu-
» nesse pour amuser les libertins qui s'y rendaient de
» tous les coins de la Capitale. Il y a, j'en conviens,
» beaucoup de Mélodrames insignifians, ennuyeux
» même, mais du moins ils sont sans danger pour
» les mœurs. On se contente d'y bailler, et l'on n'y
» revient plus. Le plus mauvais de tous est mille fois
» au-dessus des *Ecosseuses*, du *Malade jaloux*,
» de *Madelon friquet*, de *la Vigne d'amour*, de
» *l'Oiseau de Lubin* et autres farces grossières et
» d'une immoralité dégoûtante que l'on jouait il y
» a quarante ans. »

— « Cependant, permettez une observation. En
» laissant aux théâtres du Mélodrame la liberté de

» représenter des sujets nobles, puisés dans la Bible
» ou l'Histoire, vous faites un tort réel aux grands
» théâtres, vous leur enlevez un grand nombre
» de spectateurs. »

— » Dites plutôt que je les oblige à déployer du
» zèle et de l'activité. Qu'ils donnent de bons ou-
» vrages, et le public leur prouvera son discerne-
» ment. *La Pie voleuse* a-t-elle nui à *Joconde*, et le
» *Sacrifice d'Abraham* au *Rossignol*? Les succès
» récens obtenus sur les théâtres des boulevards ont-
» ils empêché la foule de se porter, en même
» tems, à la *Manie des grandeurs*, aux *Danaïdes*,
» à l'*Homme gris*, au *Petit Dragon*, à la *Clo-*
» *chette*? Que les grands théâtres suivent l'exemple
» des petits, qu'ils donnent fréquemment des nou-
» veautés, qu'ils fassent de constans efforts pour
» attirer le public, celui-ci répondra à leur appel.
» Le goût du spectacle est devenu général en France ;
» c'est, pour ainsi dire, un besoin, et il y a suffi-
» samment de curieux pour soutenir tous nos établis-
» semens en ce genre. Tout ce que l'on peut dire
» là-dessus n'est donc que mensonge et mauvaise
» foi. Mais cette petite digression m'a écarté de mon
» sujet et j'y reviens.

» Depuis vingt ans, le drame banni ou à-peu-près
» des grands théâtres s'est réfugié aux boulevards.
» On y a représenté nombre de pièces que les jour-
» naux et l'opinion publique ont placées sur la même
» ligne que plusieurs de celles que je viens de citer.

» Ce genre n'est donc pas si mauvais , puisqu'une
» partie de la bonne compagnie est venue le cher-
» cher là, et je crois, soit dit entre nous, que son
» plus grand tort est d'avoir su plaire. »

— » Quelques Mélodrames, j'en conviens, mé-
» ritent d'être exceptés de la proscription , mais
» combien d'autres sont remplis d'horreurs , de
» scènes atroces et dégoûtantes ! »

— » Je ne prétends pas les justifier dans ce qu'ils
» ont de répréhensible ; mais tout cela , je l'avoue ,
» m'avait paru des gentillesses en comparaison de
» *Gabrielle de Vergy* , d'*Atrée et Thyeste* , des
» *Danaïdes* , et autres tragédies déclamées ou chan-
» tées qui font partie du répertoire des grands
» théâtres. Les Auteurs de Mélodrame n'ont pas
» encore osé faire étouffer un personnage sous des
» coussins, comme je l'ai vu au théâtre Favart
» en 1786, dans un drame de Desforges, intitulé
» *Novogorod sauvé* , ou sous un matelas, comme
» je l'ai vu dans *Othello* en 1792. »

— « Vous ne nierez pas au moins que le style de
» ces pièces ne soit ordinairement plat ou ampoulé,
» rempli de lieux communs ou de sentences re-
» battues ?»

— » Ma foi! soit dit sans offenser personne, je
» ne le trouve pas plus mauvais que celui de beau-
» coup de pièces jouées aux grands théâtres. Je
» pourrais citer dans Sedaine, et autres plus mo-
» dernes, telle phrase tout aussi ridicule que celles

» qui ont été méchamment recueillies ou supposées
» par des pamphlétaires et des critiques de mau-
» vaise foi.»

    — » Les Mélodrames fourmillent d'invraisem-
» blances. »

    — » Pas plus en vérité que certains ouvrages
» desquels on a parlé avec éloge.

    — » Les règles de l'art y sont méconnues, violées.

    — » C'est faux. Généralement les pièces remar-
» quables en ce genre sont soumises ou à peu près
» aux trois unités. Celle de tems et de lieu surtout
» y est observée plus scrupuleusement que dans *le*
» *Déserteur*, *Richard*, *Sargines*, etc. Soyons de
» bonne foi, si les Auteurs étrangers n'avaient
» remarqué dans certains Mélodrames un puissant
» intérêt, des formes dramatiques, de belles situa-
» tions amenées avec art, et un style convenable,
» ils n'auraient pas pris la peine de les traduire
» *littéralement*, et j'en pourrais désigner beaucoup
» auxquels on a fait cet honneur. Enfin il me
» semble qu'au lieu de verser le ridicule sur les
» hommes de lettres qui ont adopté ce genre, on
» devrait au contraire leur savoir quelque gré de
» transporter sur notre scène l'élite des pièces alle-
» mandes ou anglaises, ce qu'ils ne font toutefois
» qu'après les avoir améliorées en leur donnant une
» forme régulière. Je me permets de penser qu'ils
» ont aussi bien mérité de la littérature et des arts,
» qu'ils ont autant de droit à nos suffrages et à

» notre estime, que ceux qui prostituent leur
» talent à faire pâmer toute une salle aux dépens
» de la langue qu'ils défigurent à plaisir, et du bon
» goût qu'ils outragent. »

— « Vous avez beau dire, ce genre est destructif
» de la morale publique. »

— « C'est là que je vous arrête. Ce serait bien
» le lieu de diriger une sortie contre un autre genre
» beaucoup plus funeste, *le genre graveleux* qui se
» glisse insensiblement partout, et finira, si l'on n'y
» prend garde, par s'emparer exclusivement de la
» scène, et faire de notre théâtre une école de
» scandale. Un père sage, un mari prudent doit
» éviter avec soin tout ce qui peut éveiller l'imagi-
» nation ou donner trop d'activité aux sens, et je
» soutiens qu'il ne peut aujourd'hui conduire sa fille
» ou sa jeune épouse au spectacle, sans avoir vu
» d'avance les pièces que l'on y représente. Voici
» ce qui m'est arrivé il y a quelque tems.

» J'avais promis à ma fille, âgée de dix-sept ans,
» de la mener à la comédie ; nous partons, et je
» consulte les affiches, afin de choisir ce qui pou-
» vait la divertir et l'intéresser sans la faire rougir.
» On jouait à l'Opéra, aux Français, à l'Opéra-
» comique, à l'Odéon, de bons ou de jolis Ouvrages,
» considérés sous le seul rapport de l'art, puisque
» le ballet de *Nina*, *Georges Dandin*, *la Mère*
» *coupable*, *le Tableau parlant*, *Héloïse* et *Abei-*
» *lard*, *l'Eté des Coquettes*, etc., tentaient les

» amateurs ; au Vaudeville et aux Variétés , deux
» des six pièces annoncées , offraient , comme on le
» pense bien, une gaze brodée avec beaucoup d'art,
» mais un peu trop légère ; il fallut donc chercher
» sur les affiches des théâtres secondaires. On don-
» nait à la Gaîté *le Maréchal de Luxembourg*,
» *l'Habit de Catinat* et *le Chien de Montargis*; à
» l'Ambigu, *la Femme à deux Maris* et *la Ba-*
» *taille de Fontenoy* ; à la Porte Saint-Martin, *Ma-*
» *leck-Adhel* et *le Maréchal de Villars*. Je con-
» duisis ma fille aux boulevards, et vous en eussiez
» fait autant à ma place, car c'est là seulement
» qu'elle pouvait (ce jour-là), trouver la morale
» unie à l'intérêt, à des idées nationales, et au
» plaisir des yeux. Quelque mauvais plaisant me
» répondra que c'était un jour de malheur. Cela
» peut être ; mais le fait n'en est pas moins réel.

— « Il y a bien quelque chose de vrai dans
» tout cela, j'en conviens; mais qu'aurez-vous à
» me répondre quand je vous parlerai du tort
» inouï, incalculable, irréparable que le Mélodrame
» fait à l'Art dramatique, non seulement aujourd'hui
» mais dans l'avenir ? La Province est totalement
» gangrénée : ce détestable genre y est recherché ,
» couru, applaudi; la comédie et la tragédie y sont
» totalement abandonnées ; on ne les y représente
» plus que très-rarement ou pas du tout ; on n'y
» forme plus d'élèves, et si le gouvernement n'use
» de toute son autorité, nous n'aurons bientôt

» plus pour succéder aux Lekain , aux Préville,
» aux Molé, aux Talma, que des niais et des tyrans
» de Mélodrame. »

— « Ceci me semble en effet très-sérieux , et si
» les choses sont comme vous me le dites , nul doute
» qu'on ne saurait opposer trop tôt une digue puis-
» sante à ce torrent dévastateur ; alors toute consi-
» dération doit cesser devant ce péril imminent ;
» mais je vous en demande pardon, cette assertion me
» paraît un peu hasardée. Le Mélodrame joué le
» plus souvent par des acteurs médiocres, a besoin
» pour se soutenir, à Paris, de l'ensemble que donnent
» de fréquentes répétitions faites sous les yeux de
» l'Auteur, du luxe des décorations, des costumes
» et des ballets. Etayé même de ces brillans acces-
» soires , il ne réussit pas toujours; on en voit à
» peine deux ou trois, chaque année , attirer la
» foule. Comment croire , d'après cela , que monté
» brusquement et presque à *l'impromptu* , mal
» répété, dépouillé de tous ses ornemens, il puisse
» obtenir en Province cette vogue, ce dangereux
» ascendant, cette funeste influence que vous lui
» supposez? Ce point veut être éclairci, il exige
» un mûr examen, et pour vous répondre perti-
» nemment, je me réserve de consulter des personnes
» mieux instruites que moi. Au revoir, à bientôt. »

A quelques jours de là , je rencontrai mon homme
au Jardin Turc.

» Hé bien, m'écriai-je, quand je vous disais, mon

» cher ami, de ne point précipiter votre jugement,
» avais-je tort ? Je me suis procuré des documens
» certains, des preuves matérielles, irrécusables,
» des preuves mathématiques ! On vous avait abusé ;
» tout ce que l'on vous a dit est exagéré ; l'Art dra-
» matique n'est point menacé ; la tragédie et la
» comédie brillent de tout leur éclat en Province
» comme à Paris, et ils ne peuvent pas plus être
» arrêtés dans leur triomphe par le Mélodrame,
» qu'un géant ne peut être vaincu par un pygmée.
» A la preuve : celle-ci fermera sans retour la bouche
» à la prévention et à la calomnie.

» Je connais indirectement un des Agens chargés
» à Paris de la procuration des Auteurs dramatiques ;
» je suis allé le trouver, je lui ai expliqué le motif
» de ma visite ; non seulement il a eu la bonté de
» me transmettre tous les renseignemens qui dépen-
» daient de son agence, mais il a bien voulu deman-
» der à son confrère pareille communication. Je
» suis donc parfaitement instruit ; le tableau que
» voici est fort curieux, il est surtout exact ; j'ai
» passé plus de trois jours à le dresser ; ce ne sont
» pas ici des phrases, des suppositions, c'est de
» l'arithmétique ; par conséquent point d'objection à
» faire, rien à opposer.

*Relevé fait chez MM. les Agens généraux des droits perçus en 1815 et 1816, sur les théâtres des Départemens, pour les cinq cent soixante sept Auteurs dont ils ont reçu la procuration.*

« Franchement je ne croyais pas la France aussi
» riche en grands hommes ! »

*Nota.* On représente chaque année en province
de 20 à 22,000 pièces réparties comme on va le voir.

| NATURE ET GENRE D'OUVRAGES. | 1815. PRODUIT. | |
| --- | --- | --- |
| | Approximatif, ou total, étant applicable aux Auteurs morts dont les Directeurs ou les Comédiens sont héritiers. | Effectif à partager entre les 567 Auteurs vivans. |
| 4,809 Tragédies ou Comédies. | 56,400 | 16,853 |
| 10,261 Opéras comiques. | 59,600 | 79,018 |
| 1,116 Grands Opéras et Ballets. | 16,900 | 10,215 |
| 5,884 Vaudevilles. | 5,500 | 31,597 |
| 730 Mélodrames et Pantom. | | 12,959 |
| 22,800 Pièces. | 116,400 | 150,612 |
| 1816. | | |
| 4,256 Tragédies ou Comédies. | 62,900 | 16,787 |
| 11,009 Opéras comiques. | 58,000 | 89,945 |
| 1,023 Grands Opéras et Ballets. | 14,500 | 12,885 |
| 6,129 Vaudevilles. | 4,800 | 54,513 |
| 649 Mélodrames ou Pantom. | | 11,890 |
| 23,046 Pièces. | 120,000 | 156,825 |

« Ce résultat ne sera pas perdu pour l'observateur;
» il y reconnaîtra le goût dominant, le caractère
» distinctif de la nation, puisque sur 22 ou 23,000
» pièces représentées dans un an, on en compte
» 17 à 18,000 chantantes ou chantées, sans parler
» des tragédies.

« Si Juvénal a peint le peuple Romain en deux
» mots *Panem et Circenses* on peut dire avec
» autant de vérité, qu'il ne faut aux Français que
» *du Pain et des Chansons.* Heureuse nation qui
» marche au combat en riant, chante en faisant des
» actes d'héroïsme, et qu'une saillie, une épigramme
» ou un couplet console de tout !

« A propos de ces droits d'Auteur spécialement
» et injustement affectés aux directeurs et aux comé-
» diens qui n'y ont aucun droit, ne serait-il pas
» plus équitable de les verser dans une caisse de
» famille, que l'on mettrait à la disposition du Mi-
» nistère de l'intérieur, et dans laquelle il puiserait
» d'honorables secours pour les hommes de lettres et
» leurs enfans ? En y ajoutant le produit des mêmes
» droits sur les théâtres de Paris, qui s'éleverait pour
» le moins à pareille somme chaque année , on voit
» que cette mesure donnerait un revenu annuel de
» 200,000 fr. A combien d'honnêtes infortunés on
» rendrait l'existence ! En renaissant au bonheur,
» ils recouvreraient cette énergie que tue le besoin
» et sans laquelle le talent devient nul. Ainsi les
» morts contribueraient encore à la gloire des vivans
» et nous devrions aux chefs-d'œuvre de nos grands
» maîtres des créations nouvelles et peut-être sublimes.
» Que l'on me dise, si jamais un Etat a pu faire des
» placemens plus honorables et plus avantageux.

« Les comptes de 1817 n'étant point encore
» dressés, je ne puis vous offrir le tableau général

» des représentations ni du produit; j'ai voulu néan-
» moins connaître ce qui concerne le Mélodrame,
» et me suis livré à des recherches particulières.
» Voilà ce que j'ai recueilli sur pièces probantes, et
» toujours chez MM. les Agens généraux.

» Aux termes de l'article 9 du titre 2 du régle-
» ment fait en conséquence du décret du 8 juin 1806,
» les grandes villes de France peuvent avoir deux
» théatres dont le second jouit spécialement du droit
» de représenter les pièces composant le répertoire
» des théatres secondaires de la Capitale.

« Trois villes seulement jouissent aujourd'hui de
» ce privilège, Lyon, Bordeaux et Marseille. Vous
» allez voir dans quelle proportion on y a joué le
» Mélodrame pendant les onze premiers mois de
» l'année 1817.

A Lyon.
*Théât. des Célestins.* 635. Com. ou Vaud. 374. Mél. ou Pant.
   A Bordeaux.
*Théâtre de la Gaîté.* 984.    *id.*    152.    *id.*
   A Marseille.
*Théâtre du Pavillon.* 114.    *id.*    11.    *id.*
(Ouvert pendant 3 mois.)              ―――
          1,733.         437.

» Si le désavantage est évident pour le Mélodrame
» sur les trois théatres qui pourraient le jouer exclu-
» sivement, dans la supposition d'une grande vogue,
» il est encore bien plus marqué sur les autres théa-
» tres de France.

A Rouen, sur 1100 pièces jouées depuis 11 mois,
    on compte . . . . . : . . . . . . . . . . . . . 2 Mélod.
A Toulouse,   sur 1000  *id.*...................... 11  *id.*
A Nancy,     sur 700   *id.*.................... 22  *id.*
A Metz,      sur 680   *id.*.................... 18  *id.*
A Lille,     sur 900   *id.*.................... 1  *id.*
A Dijon,    sur 450   *id.* .................. 5  *id.*
A Strasbourg, sur 500   *id.* ................... 7  *id.*
Dans les 150 autres villes de France, tout au plus  90  *id.*

                                    TOTAL...... 156

Report de Lyon , Bordeaux et Marseille....... 437

               TOTAL GÉNÉRAL pour 1817.......... 593 Mélod.
                                               ou Pantom.

« Le nombre total des pièces jouées sera , autant
» que je l'ai pu voir par l'inspection des états, aussi
» fort que les deux années précédentes ; ainsi sur
» cette masse énorme de........ 22,000 pièces.
   » Otez pour le Mélodrame........ 593.

Il reste pour tous les autres genres.. 21,407.

   » C'est-à-dire que le Mélodrame n'a occupé que
» le QUARANTIÈME du répertoire.
   Où donc est le danger ? Où donc est l'influence ?
   » Le produit réel de ces onze mois
» présente au moins........... 140,000 francs.
   » Dans lesquels ce genre *odieux*
» ne figure que pour........... 8,275.

   » Reste pour la tragédie, la co-
» médie, l'opéra-comique et le
» vaudeville.................. 131,725.

» A coup sûr, le Ministre et la Commission seraient
» fort étonnés si ce résultat leur était mis sous les yeux.
» Ils y trouveraient une preuve sans replique de l'exa-
» gération, de l'animosité, du peu de bonne foi qui
» dirigent les détracteurs du Mélodrame. Il est évi-
» dent que c'est une mauvaise querelle. »

— » Je commence à le croire, car il est difficile
» de ne pas se rendre à des raisonnemens justes,
» appuyés de faits et de preuves, mais d'un autre côté
» on crie après ce genre, et ce ne doit pas être sans
» raison. »

— » On crie ! qui ? Ce n'est pas le public, puis-
» qu'il y court. Voulez-vous savoir quels sont ses
» ennemis ? je vais vous le dire. D'une part l'envie
» de quelques Auteurs contre ceux de leurs confrères
» qu'ils supposent plus fortunés qu'ils ne le sont en
» effet, car généralement ce genre d'ouvrage est
» assez mal rétribué ; de l'autre la jalousie des grands
» théâtres, que l'infatigable activité des petits
» oblige à travailler et à faire quelques frais pour
» attirer les spectateurs, ce qu'ils ne faisaient pas
» autrefois. Sous ce rapport on a généralement des
» grâces à rendre au Mélodrame. D'un autre côté,
» des hommes d'esprit qui, quelquefois sacrifient
» trop exclusivement à leur idole, ont outrepassé
» les convenances, soit dans des pièces satyriques,
» soit dans les journaux. Ils se sont plu à ridicu-
» liser le Mélodrame et les auteurs qui ont le plus
» de succès en ce genre ; c'est en quoi je les trouve

» répréhensibles. Ils ont abusé du droit de la force,
» en attaquant des personnes qui n'avaient aucun
» moyen de défense ; ils ont affligé des hommes que
» l'estime publique et leur existence honorable
» semblaient devoir mettre à l'abri de pareilles
» atteintes ; ils ont, sans le vouloir et sans en
» prévoir les conséquences sans doute, fait un
» mal réel, et peut-être incalculable, à d'honnêtes
» directeurs et à de nombreuses familles dont ils
» ont compromis le sort. Qu'en est-il résulté ?
» des aimables oisifs, des jeunes gens à la mode, et
» l'innombrable série des personnes qui étant hors
» d'état d'avoir une opinion à elles, s'en font une
» d'après les journaux et y puisent chaque matin de
» quoi subvenir aux frais de la soirée, ont répété
» ce qu'ils avaient entendu et lu ; il est aujourd'hui
» du *suprême bon ton* de décrier le Mélodrame.
» Ce mot, comme je vous le disais dernièrement,
» est devenu l'arme ridicule et bannale avec laquelle
» on attaque, on veut détruire, au théâtre, la pre-
» mière, la plus durable de nos jouissances, l'intérêt.
» Mais tout ce qui est de mode en France ne saurait
» durer, cette manie cédera bientôt la place à une
» autre. Je me résume.

» Je vous ai prouvé qu'*en droit* on ne peut
» contraindre d'honnêtes gens à faire banque-
» route, ni mettre sur le pavé, sans aucun bon
» motif, huit à neuf cents familles qui n'ont peut-
» être pas d'autre moyen d'existence ; que *par le*

» *fait*, ce genre n'est et ne peut être nullement dan-
» gereux pour l'art, puisqu'il est de notoriété pu-
» blique, qu'à Paris, l'affluence se porte aux grands
» théâtres toutes les fois qu'on y donne des nou-
» veautés piquantes, par l'intérêt, le style, le
» charme de la musique, de la danse ou des dé-
» corations ; qu'en Province, il est rarement repré-
» senté , par la raison surtout, qu'il y est monté
» mesquinement, et joué sans soin ; on ne le voit
» paraître que de loin-à-loin , certains dimanches
» par exemple, pour attirer la classe ouvrière, ou
» dans quelques représentations *à bénéfice*, que les
» comédiens ont le droit de composer de la manière
» qui leur semble la plus avantageuse ; un titre
» piquant les flatte ; un Mélodrame est appris, tant
» bien que mal , en trois jours; il tombe ; mais l'ac-
» teur a fait sa recette , c'est tout ce qu'il voulait. Je
» vous ai prouvé , que *sous le rapport des mœurs*,
» non seulement il est très-supérieur à l'ancien ré-
» pertoire des théâtres secondaires, qui ne serait
» plus supporté aujourd'hui, mais il exerce une
» influence utile, puisque l'éternelle morale qu'on
» y recueille est la récompense des bonnes ac-
» tions, et la punition des mauvaises ; qu'enfin
» *sous le point de vue politique*, il mérite la bien-
» veillance et la protection du gouvernement, car
» il concourt d'une manière efficace à l'instruction
» du peuple; il propage et soutient l'esprit na-
» tional, en retraçant le plus souvent possible de

» beaux faits d'armes ou des actions héroïques puisées
» dans nos annales. La guerre qu'on lui déclare est
» donc souverainement injuste sous quelque rapport
» qu'on l'envisage.

» On a cherché à effrayer le Ministère et les
» Auteurs tragiques , sur les progrès et l'influence
» du Mélodrame, en leur disant que les Comédiens
» de province , jouant habituellement ce mauvais
» genre , étaient pour toujours frappés de nullité ,
» et ne présentaient aucun espoir de recrutement
» à la Comédie Française. J'oppose à ces assertions
» mensongères , non pas des raisonnemens, on pour-
» rait les combattre ; mais des chiffres. Le tableau
» ci-dessus des représentations données en 1815,
» 1816 et 1817 , prouve que d'année en année on
» joue moins le Mélodrame. Enfin s'il pouvait rester
» encore le moindre doute sur la fausseté de ces in-
» sinuations , il suffirait, pour le détruire, de penser
» aux voyages ( trop fréquens pour les Parisiens)
» que les premiers Acteurs du Théâtre Français font
» dans les Départemens. Comment pourraient-ils y
» donner des représentations aussi nombreuses de
» nos meilleurs Ouvrages , s'ils n'y trouvaient des
» Acteurs en possession de chaque emploi, et sachant
» parfaitement ce que l'on appelle le grand réper-
» toire ? nulle réplique à cela.

On dit qu'à défaut de moyens légaux , on n'ac-
» corde plus maintenant de privilèges aux Direc-
» teurs des départemens que sous la condition de ne

( 35 )

» pas jouer le Mélodrame. C'est à coup sûr une calom-
» nie. D'abord on le représente trop rarement pour
» qu'une semblable précaution puisse être néces-
» saire ; franchement cela n'en vaut pas la peine. En-
» suite ce serait un acte illégal, qui, je le crois , ne
» saurait être toléré, et encore moins autorisé par
» aucun de nos Ministres. Un ouvrage dramatique,
» *de quelque genre qu'il soit*, approuvé par S. E. le
» Ministre de la Police, d'après le rapport des Cen-
» seurs, me semble n'avoir plus à redouter que le pu-
» blic. Il est jugé sous le rapport politique et moral.
» S'il est dangereux pour l'art, il ne doit pas plus être
» joué à Paris qu'en Province. Mais lorsqu'il a subi
» ces différentes épreuves, supposer un prétexte
» spécieux pour mettre à sa libre circulation de se-
» crettes entraves, ce serait attenter à la propriété,
» violer les lois, et il n'est pas permis de croire
» que l'on puisse redouter un pareil abus de la part
» des hommes distingués, choisis par le Monarque,
» pour veiller à leur maintien et à leur exécution.
» Sans doute le Gouvernement peut donner au Mé-
» lodrame une direction convenable , et le renfer-
» mer dans de justes limites , s'il se montrait trop
» ambitieux , mais on ne pourrait le proscrire que
» par le seul droit de la force, ou par des actes
» arbitraires, et le tems n'est plus, Dieu merci,
» où le citoyen paisible, l'honnête homme pouvait
» redouter les abus du pouvoir. »

LE BONHOMME du Marais.